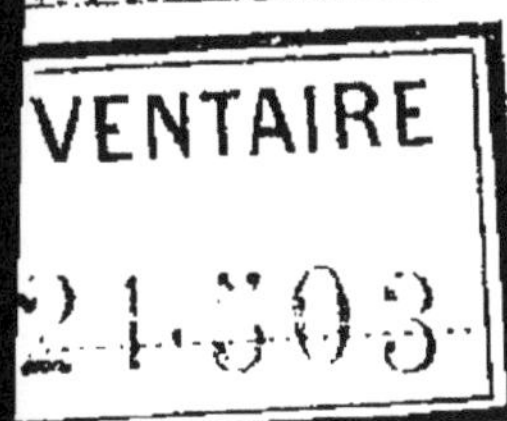

L'Ermite

DE

LA COURTILLE.

Chez les marchands de Nouveautés.

1824.

L'ERMITE

DE

LA COURTILLE.

IMPRIMERIE D'HIPPOLYTE TILLIARD,
RUE DE LA HARPE, N° 78.

Lith. de Cheyère rue du Paon, [illegible]

Pour critiquer sans amertume,
Ce censeur bizarre et nouveau,
Dans le bon vin trempe sa plume,
Et son pupitre est un tonneau.

L'ERMITE

DE

LA COURTILLE,

Étrennes à tout le monde.

COURTILLE,

CHEZ GELIN AINÉ, MARCHAND DE VINS TRAITEUR,

AUX ARMES DE FRANCE, N° 22.

A PARIS,

A LA LIBRAIRIE DE LENORMANT, RUE DE SEINE, N° 8,

et chez les marchands de nouveautés.

1824.

CALENDRIER

POUR L'AN 1824.

ARTICLES DU CALENDRIER POUR L'ANNÉE 1824.

Année de la Période Julienne........ 6537
Depuis la première Olympiade d'Iphitus, jusqu'en Juillet................ 2598
De la fondation de Rome, selon Varron, (Mars)..................... 2577
De l'époque de Nabonassar, depuis Février. 2571
De la naissance de Jésus-Christ....... 1824
L'année 1239 des Turcs commence, selon l'usage de Constantinople, le 7 Septembre 1823, et finit le 25 Août 1824.

FÊTES MOBILES.

La Septuagésime............. 15 Février.
Les Cendres................ 3 Mars.
PAQUES................ 18 Avril.
Les Rogations....... 24, 25 et 26 Mai.
L'ASCENSION............... 27 Mai.
LA PENTECOTE............ 6 Juin.
La Trinité............... 13 Juin.
LA FETE-DIEU............. 17 Juin.
L'Avent................. 28 Novem.
Des Rois à la Septuagésime...... 5 Dimanc.
De la Pentecôte à l'Avent....... 24 Dimanc.

COMPUT ECCLÉSIASTIQUE.

Nombre d'or................ 1
Épacte.................... 0
Cycle Solaire................ 13
Indiction Romaine............ 12
Lettre Dominicale........... DC.

QUATRE-TEMPS.

Les 10, 12 et 13 Mars.
Les 9, 11 et 12 Juin.
Les 15, 17 et 18 Septembre.
Les 15, 17 et 18 Décembre.

SAISONS.

Le PRINTEMPS commencera le 20 Mars, à 3 h. 41 min. du matin.

L'ÉTÉ commencera le 21 Juin, à 1 h. 8 min. du matin.

L'AUTOMNE commencera le 22 Septembre, à 3 h. 5 min. du soir.

L'HIVER commencera le 21 Décembre, à 8 h. 11 min. du matin.

ÉCLIPSES.

Il y aura cette année 1824, quatre Éclipses, deux de Soleil et deux de Lune.

Le 16 Janvier, Éclipse partielle de lune en partie visible à Paris.

Le 26 Juin, Éclipse de Soleil invisible à Paris.

Le 11 Juillet, Éclipse de Lune en partie visible à Paris.

Le 20 Décembre, Éclipse de Soleil, invisible à Paris.

SIGNES DU ZODIAQUE.

Bélier.	♈	Balance.	♎
Taureau.	♉	Scorpion.	♏
Gémeaux.	♊	Sagittaire.	♐
Écrevisse.	♋	Capricorne.	♑
Lion.	♌	Verseau.	♒
Vierge.	♍	Poissons.	♓

JANVIER 1824.		
Nouvelle Lune le 1. Premier Quartier le 9. Pleine Lune le 16. Dernier Quartier le 23. Nouvelle Lune le 31.		
jeudi	1	LA CIRCONCIS.
vend	2	s. Basile.
same	3	ste *Geneviève.*
D.	4	s. Rigobert.
lundi	5	s. Siméon.
mard	6	L'ÉPIPHANIE.
merc	7	s. Théau.
jeudi	8	s. Lucien.
vend	9	s. Furcy, abbé.
same	10	s. Paul, herm.
1 D.	11	s. Théodose.
lundi	12	s. Ferjus.
mard	13	Bapt. N. S.
merc	14	s. Félix de N.
jeudi	15	s. Maur, abbé.
vend	16	s. Guillaume.
same	17	s. Antoine, ab.
2 D.	18	Chair s. P. à R.
lundi	19	s. Sulpice.
mard	20	s. Sébastien.
merc	21	ste Agnès, v. m.
jeudi	22	s. Vincent.
vend	23	s. Ildephonse.
same	24	s. Babylas, év.
3 D.	25	Conv. s. Paul.
lundi	26	ste Paule. v.
mard	27	s. Julien.
merc	28	s. Charlemagne
jeudi	29	s. Franç. de S.
vend	30	ste Bathilde.
same	31	s. Olasque.

FÉVRIER.		
Premier Quartier le 8. Pleine Lune le 14. Dernier Quartier le 21. Nouvelle Lune le 29.		
4 D.	1	s. Ignace.
lundi	2	PURIFICATION.
mard	3	s. Blaise.
merc	4	s. Philéas.
jeudi	5	ste Agathe.
vend	6	s. Vast, év.
same	7	s. Romuald.
5 D.	8	s. Jean de Mat.
lundi	9	ste Apolline.
mard	10	ste Scholastiq.
merc	11	s. Séverin.
jeudi	12	ste Eulalie.
vend	13	s. Lézin, évêq.
same	14	s. Valentin.
D.	15	*Septuagésime.*
lundi	16	ste Julienne.
mard	17	ste Marianne.
merc	18	s. Siméon, év.
jeudi	19	s. Moyse.
vend	20	s. Eucher.
same	21	s. Pépin.
D.	22	*Sexagésime.*
lundi	23	s. Mérault.
mard	24	s. Mathias.
merc	25	s. Tataise.
jeudi	26	s. Alexandre.
vend	27	ste Honorine.
same	28	s. Romain.
D.	29	*Quinquagés.*

MARS.

Premier Quartier le 8.
Pleine Lune le 15.
Dernier Quartier le 22.
Nouvelle lune le 30.

lundi	1	s. Aubin, év.
mard	2	s. Simplice.
merc	3	*Les Cendres.*
jeudi	4	s. Casimir.
vend	5	Les Cinq Plaies
same	6	ste Colette.
1 D.	7	*Quadragésim.*
lundi	8	s. Jean de Dieu
mard	9	ste Françoise.
merc	10	*Quatre-Tems.*
jeudi	11	40 Martyrs.
vend	12	s. Aprosise.
same	13	N. D. de P.
2 D.	14	*Reminiscere.*
lundi	15	s. Longin.
mard	16	s. Abraham.
merc	17	ste Gertrube.
jeudi	18	s. Cyrille.
vend	19	s. Joseph.
same	20	s Joachim.
3 D.	21	*Oculi.*
lundi	22	s. Paul, év.
mard	23	s. Victorien.
merc	24	s. Gabriel.
jeudi	25	ANNONC.
vend	26	s. Ludger, év.
same	27	s. Rupert.
4 D.	28	*Lœtare.*
lundi	29	s. Eustase.
mard	30	s. Rieule, év.
merc	31	ste Balbine.

AVRIL.

Premier Quartier le 6.
Pleine Lune le 13.
Dernier Quartier le 21.
Nouvelle Lune le 29.

jeudi	1	s. Hugues.
vend	2	s. Franç. de P.
same	3	s. Richard.
5 D.	4	*La Passion.*
lundi	5	s. Vincent
mard	6	s. Prudent.
merc	7	s. Hégésipe.
jeudi	8	s. Gauthier.
vend	9	ste Marie-E.
same	10	s. Macaire.
6 D.	11	*Les Rameaux.*
lund	12	s. Jules, pape.
mard	13	s. Marcellin.
merc	14	s. Tiburce.
jeudi	15	s. Paterne.
vend	16	*Vendr.-Saint.*
same	17	s. Anicet.
D.	18	PAQUES.
lundi	19	s. Elphège.
mard	20	s. Hildegon.
merc	21	s. Anselme.
jeudi	22	ste Opportune.
vend	23	s. Georges.
same	24	ste Beuve.
1 D.	25	*Quasimodo.*
lundi	26	s. Clet, p. m.
mard	27	s. Policarpe.
merc	28	s. Vital.
jeudi	29	s. Robert.
vend	30	s. Eutrope, é.

MAI.

Premier Quartier le 6.
Pleine Lune le 13.
Dernier Quartier le 21.
Nouvelle Lune le 28.

same	1	s. Jacq. s. Phil.
2 D.	2	s. Athanase.
lundi	3	Inv. de ste Cro.
mard	4	ste Monique.
merc	5	C. de S. A.
jeudi	6	s. Jean P. L.
vend	7	s. Stanislas.
same	8	s. Désiré.
3 D.	9	s. Grégoire N.
lundi	10	s. Gordien.
mard	11	s. Mamert.
merc	12	s. Nérée.
jeudi	13	s. Servais.
vend	14	s. Boniface.
same	15	s. Isidore
4 D.	16	s. Honoré.
lundi	17	s. Pascal.
mard	18	s. Félix de C.
merc	19	s. Célestin.
jeudi	20	s. Bernardin.
vend	21	s. Hospice.
same	22	ste Julie.
5 D.	23	s. Didier, év.
lundi	24	*Les Rogations*
mard	25	ste Magdelaine.
merc	26	s. Jean, p.
jeudi	27	L'ASCENSION.
vend	28	s. Germ., év.
same	29	s. Maximin, év.
6 D.	30	s. Hubert.
lundi	31	ste Pétronil.

JUIN.

Premier Quartier le 4.
Pleine Lune le 11.
Dernier Quartier le 19.
Nouvelle Lune le 26.

mard	1	s. Pamphile.
merc	2	s. Pothin.
jeudi	3	ste Clotilde.
vend	4	s. Quirin.
same	5	s. Bonif. *V.-J.*
D.	6	PENTECOTE.
lundi	7	s. Paul, C.
mard	8	s. Médard.
merc	9	*Quatre-Tems.*
jeudi	10	s. Landry.
vend	11	s. Barnabé.
same	12	s. Basilide.
1 D.	13	*La Trinité.*
lundi	14	s. Rufin.
mard	15	s. Gui.
merc	16	s. Fargeau.
jeudi	17	FÊTE-DIEU.
vend	18	ste Marine.
same	19	s. Gervais, s. P.
2 D.	20	s. Silvère.
lundi	21	s. Leufroy.
mard	22	s. Paulin.
merc	23	s. Andri. *Vig.*
jeudi	24	O. F-D. *s. J. B.*
vend	25	Trans. s. Eloi.
same	26	s. Babolein, ab.
3 D.	27	s. Crescent.
lundi	28	s. Irénée. *V. J.*
mard	29	*s. Pierre s. P.*
merc	30	Comm. s. Paul.

JUILLET.

Premier Quartier le 3.
Pleine Lune le 11.
Dernier Quartier le 19.
Nouvelle Lune le 26.

jeudi	1	s. Martial.
vend	2	*Vis. de la Vier*
same	3	s. Anatole, év
4 D.	4	Tr. de s. Mart.
lundi	5	ste Zoé, mart.
mard	6	s. Tranquillin.
merc	7	ste Aubierge.
jeudi	8	ste Elisabeth.
vend	9	ste Victoire.
same	10	ste Félicité.
5 D.	11	Tr. de s. Benoît
lundi	12	Tr. de s. Pr.
mard	13	s. Turiaf.
merc	14	s. Bonaventure
jeudi	15	s. Henri, emp.
vend	16	N.-D. du M. C.
same	17	s. Spérat.
6 D.	18	s. Clair.
lundi	19	s. Vincent de P.
mard	20	ste Marguerite.
merc	21	s. Victor, mart
jeudi	22	ste Magdeleine.
vend	23	s. Apollinaire.
same	24	Jours Can.
7 D.	25	s. Jacq. s. Chr.
lundi	26	Tr. de s. Marcel
mard	27	s. Pantaléon.
merc	28	ste Anne.
jeudi	29	s. Loup.
vend	30	s. Abdon.
samo	31	s. Germain-l'A.

AOUT.

Premier Quartier le 1.
Pleine Lune le 9.
Dernier Quartier le 17.
Nouvelle Lune le 24.
Premier Quartier le 31.

8 D.	1	s. Pierre-ès-Li.
lundi	2	s. Etienne, pa.
mard	3	Inv. de s. Etien.
merc	4	Susc. de Ste Cr.
jeudi	5	s. Yon, mart.
vend	6	Transfig. de N.
same	7	s. Albert, év.
9 D.	8	s. Justin, mar.
lundi	9	s. Romain.
mard	10	s. Laurent, m.
merc	11	Susc. Ste Cour.
jeudi	12	ste Claire.
vend	13	s. Hippolyte.
same	14	s. Eusèbe. *V. J.*
10 D.	15	ASSOMPTION.
lundi	16	s. Roch.
mard	17	s. Mammès, m.
merc	18	ste Hélène.
jeudi	19	s. Jules.
vend	20	s. Bernard.
same	21	ste J. F. de C.
11 D.	22	s. Symphorien.
lundi	23	s. Timothée.
mard	24	s. Barthélemy.
merc	25	s. LOUIS, ROI.
jeudi	26	Fin des J. C.
vend	27	s. Césaire.
samo	28	s. Augustin.
12 D.	29	s. Médéric.
lundi	30	s. Fiacre.
mard	31	s. Ovide.

SEPTEMBRE.		
Pleine Lune le 8.		
Dernier Quartier le 16.		
Nouvelle Lune le 22.		
Premier Quartier le 29.		
merc	1	s. Leu, s. Gilles.
jeudi	2	s. Lazare.
vend	3	s. Grégoire.
same	4	ste Rosalie.
13 D.	5	s. Bertin, abbé
lundi	6	s. Onésipe.
mard	7	s. Cloud.
merc	8	NATIV. DE N. D.
jeudi	9	s. Omer, évêq.
vend	10	s. Nicolas Tol.
same	11	s. Patient, év.
14 D.	12	s. Serdot, évêq.
lundi	13	s. Maurille.
mard	14	Exalt. ste Croix.
merc	15	*Quatre-Tems.*
jeudi	16	s. Cyprien.
vend	17	s. Nicomède.
same	18	s. Lambert, é.
15 D.	19	s. Jeanvier.
lundi	20	s. Eustache.
mard	21	s. Mathieu.
merc	22	s. Maurice.
jeudi	23	ste Thècle, v.
vend	24	s. Andoche.
same	25	s. Firmin.
16 D.	26	ste Justine.
lundi	27	s. Cô. s. D.
mard	28	s. Céran.
merc	29	s. Michel.
jeudi	30	s. Jérôme.

OCTOBRE.		
Pleine Lune le 8.		
Dernier Quartier le 15.		
Nouvelle Lune le 22.		
Premier Quartier le 29.		
vend	1	s. Remi, évêq.
same	2	ss. Anges Gard.
17 D.	3	s. Denis, Ar.
lundi	4	s. François d'A
mard	5	ste Aure, v.
merc	6	s. Bruno.
jeudi	7	s. Serge.
vend	8	s. Demètre.
same	9	*s. Denis, év.*
18 D.	10	ss. Géréon.
lundi	11	ss. Nicaise, etc.
mard	12	s. Vilfride, év.
merc	13	s. Gérand.
jeudi	14	s. Caliste, pap.
vend	15	ste Thérèse.
same	16	s. Gal, abbé.
19 D.	17	s. Cerbonney.
lundi	18	s. Luc, évang.
mard	19	ss. Savinien.
merc	20	s. Sendou.
jeudi	21	ste Ursule.
vend	22	s. Mellon.
same	23	s. Hilarion.
20 D.	24	s. Magloire.
lundi	25	s. Crépin s. Cr.
mard	26	s. Rustique.
merc	27	s. Frumence.
jeudi	28	s. Simon s. Jud.
vend	29	s. Faron, évêq.
same	30	s. Lucain. *V. J.*
21 D.	31	s. Quentin.

NOVEMBRE.		
Pleine Lune le 6.		
Dernier Quartier le 14.		
Nouvelle Lune le 20.		
Premier Quartier le 28.		
lundi	1	TOUSSAINT.
mard	2	*Les Morts.*
merc	3	s. Marcel.
jeudi	4	s. Charles Borr.
vend	5	ste Bertile.
same	6	s. Léonard.
22 D.	7	s. Willebrod.
lundi	8	stes Reliques.
mard	9	s. Mathurin.
merc	10	s. Léon, pape.
jeudi	11	s. Martin, év.
vend	12	s. René.
same	13	s. Brice, évêq.
23 D.	14	s. Maclou, év.
lundi	15	s. Eugène, m.
mard	16	s. Edme.
merc	17	s. Agnan, évê.
jeudi	18	ste Aude, vierg
vend	19	ste Elisabeth.
same	20	s. Edmont.
24 D.	21	*Prés de N. D.*
lundi	22	ste Cécile.
mard	23	s. Clément.
merc	24	s. Séverin, sol.
jeudi	25	ste Catherine.
vend	26	ste Gen. des Ar.
same	27	s. Vital.
1 D.	28	AVENT.
lundi	29	s. Saturnin.
mard	30	s. André, ap.

DÉCEMBRE.		
Pleine Lune le 6.		
Dernier Quartier le 13.		
Nouvelle Lune le 20.		
Premier Quartier le 28.		
merc	1	s. Eloi, év.
jeudi	2	s. Franç. X.
vend	3	s. Mirocle.
same	4	ste Barbe.
2 D.	5	s. Sabas.
lundi	6	s. Nicolas.
mard	7	ste Fare, vierg.
merc	8	*La Conception*
jeudi	9	ste Gorgonie.
vend	10	ste Valère.
same	11	s. Fuscien.
3 D.	12	s. Damase.
lundi	13	ste Luce.
mard	14	s. Nicaise.
merc	15	*Quatre-Tems.*
jeudi	16	ste Adelaïde.
vend	17	ste Olympiade.
same	18	s. Gatien.
4 D.	19	s. Nemèse.
lundi	20	ste Paulile.
mard	21	s. Thomas.
merc	22	s. Ischirion.
jeudi	23	ste Victoire.
vend	24	s. Yves. *Vig. J.*
same	25	NOEL.
D.	26	*s. Etienne.*
lund	27	*s. Jean-Evang*
mard	28	ss. Innocens.
merc	29	s. Th. de Can.
jeudi	30	ste Colombe.
vend	31	s. Sylvestre.

DES MATIÈRES.

FIN DE LA TABLE.

L'ERMITE

De la Courtille.

A mes Lecteurs.

Air : *Plus on est de fous plus on rit.*

Croirait-on que dans la Courtille,
Séjour de la folle gaîté,
Où le peuple joyeux fourmille,
Un Ermite se soit niché ?
Dans ce quartier, ne vous déplaise,
Comme ailleurs on a de l'esprit :
Là notre Ermite est à son aise,
Et parmi les fous (bis) chante et rit.

Vrai rôdeur, parfois il circule
Au milieu des cercles brillants;
Et c'est là que le ridicule
Lui fournit plus de traits saillants.

Ici-bas sa Muse folâtre
Observe, fronde et divertit;
Enfin, sur ce vaste théâtre,
Plus il voit de fous (bis) plus il rit.

Pour critiquer sans amertume,
Ce censeur bizarre et nouveau,
Dans le bon vin trempe sa plume,
Et son pupitre est un tonneau.
Aux accords joyeux de sa lyre
Le chagrin bientôt cède, et fuit,
Lecteurs, partagez son délire :
Plus on est de fous (bis) plus on rit.

Le Pour et le Contre,

ou

LES *SI* ET LES *MAIS*.

Air : *Des deux Edmond.*

Si vous voulez avec prudence
Agir en mainte circonstance,
Filles, garçons, femmes, époux,
Approchez-vous; (Bis.)
Mais vous, esprits fiers, indociles,
Qui des avis les plus utiles
Ne faites jamais aucun cas,
Ne vous approchez pas. (Bis.)

Vous que l'amour du jeu domine,
Pour éviter votre ruine,
Fuyez et tripots et filoux,
Corrigez-vous; (Bis.)
Mais, en dépit de la prudence,
Vers l'opprobre et vers l'indigence
Voulez-vous marcher à grands pas,
Ne vous corrigez pas. (Bis.

Plaideurs guidés par la rancune,
De conserver quelque fortune
Êtes-vous tant soit peu jaloux,
Arrangez-vous; (Bis.)
Mais voulez-vous que la justice
De vos dépouilles s'enrichisse,
Oh! messieurs, c'est un autre cas....
Ne vous arrangez pas. (Bis.)

Jeune garçon, gente fillette,
Qui brûlez d'une ardeur secrète,
Pour passer des instants bien doux,
Rapprochez-vous; (Bis.)
Mais si la vertu, la décence,
Si la paix de la conscience
Ont encore pour vous des appas,
Ne vous rapprochez pas. (Bis.)

Si de votre amoureuse ivresse
Vous voulez que le charme cesse,
Eh! vite, devenez époux,
Mariez-vous; (Bis.)
Si la liberté vous est chère,
Si d'être heureux, d'aimer, de plaire,
Vous n'êtes point encore las,
Ne vous mariez pas. (Bis.)

Mais lorsque l'hymen vous engage,
Vous affliger serait peu sage;
Pour rendre le fardeau plus doux,
Consolez-vous : (Bis.)
Ou bien, pour plaire à votre épouse,
Qui souvent, grondeuse et jalouse,
Aime à vous causer du tracas,
Ne vous consolez pas. (Bis.)

Maris dont la femme trop tendre
Sur le fait se laisse surprendre,
Fermez les yeux; point de courroux :
Modérez-vous. (Bis.)
Mais si, pour une bagatelle,
Vous voulez, dans une querelle,
Braver la honte ou le trépas,
Ne vous modérez pas. (Bis.)

Au lieu de rêver politique,
Bourgeois, commis, gens de boutique,
D'intérêts plus chers et plus doux
Occupez-vous; (Bis.)
Soyez bons époux et bons pères,
Veillez à vos propres affaires;
Mais de gouverner les États
Ne vous occupez pas. (Bis.)

Députés choisis par la France,
Voulez-vous, bravant la décence,
Qu'on vous prenne pour de vrais fous,
Disputez-vous; (Bis,)
Mais si la France vous est chère,
Si vous voulez qu'on vous révère,
Soyez calmes dans vos débats;
Ne vous disputez pas. (Bis.)

Images de la Providence,
Donnez-nous la paix, l'abondance;
Monarques, pour le bien de tous,
Unissez-vous : (Bis.)
Mais, sous les coups de l'anarchie,
Voulez-vous que la monarchie
Périsse et tombe avec fracas,
Ne vous unissez pas. (Bis.)

CHANSON DE TABLE.

Air : *Pégase est un cheval qui porte*, etc.

Mes bons amis, point de tristesse,
Chantons et buvons tour à tour,
Et, pour compléter notre ivresse,
Près de nous appelons l'Amour :
Ce petit dieu, je vous le jure,
Est moins terrible que malin ;
Vous fait-il la moindre blessure,
Le remède est là : c'est du vin.

Sans le vin, sans la bonne chère,
On vit toujours languir Vénus ;
Oui, le vrai bonheur, sur la terre,
Est entre l'Amour et Bacchus.
Si de mourir la triste envie
Vous prend un jour, allez soudain
Vous pendre.... au cou de votre amie,
Vous noyer.... dans des flots de vin.

Sombres époux et sombres femmes,
Dans le vin noyez vos douleurs;
Pour égayer vos mélodrames,
Buvez moins d'eau, sombres auteurs;
Amants, trinquez avec vos belles,
Au lieu de soupirer en vain :
Rien n'adoucit les plus cruelles
Comme un petit verre de vin.

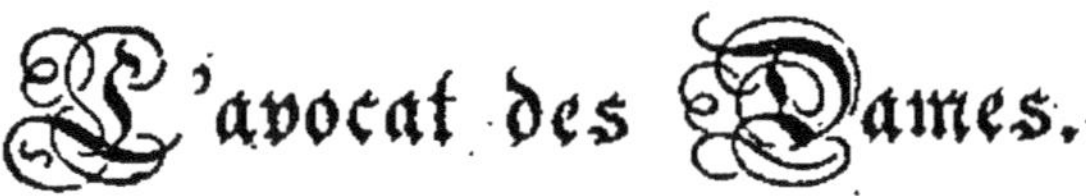

L'avocat des Dames.

Air : *Croirait-on qu'un héros français.*

(Vaudeville de la veuve Scarron.)

Sexe charmant, ah! laisse-moi
Venger aujourd'hui ta querelle :
L'homme croit-il, de bonne foi,
A la femme faire la loi
D'être seule aimable et fidèle?
Mesdames, nous vous pardonnons
D'adoucir quelquefois vos peines....
Unis par l'Hymen, nous devons
En porter (Bis.) comme vous les chaînes.

PARODIE

DE

L'Hymen est un lien charmant.

Même air.

L'HYMEN est un lien charmant
Quand on a la philosophie
D'écarter sombre jalousie
Et d'oublier triste serment : (Bis.)
C'est un bien long pélerinage
Qu'on entreprend sans réfléchir;
Le premier jour, l'Amour volage
Nous quitte.... hélas! c'est grand dommage!
Ennui, Chagrins et Repentir
Restent compagnons du voyage. } (Bis.)

Par malheur chez tous les époux
On voit naître l'indifférence;
Mais aussi l'aimable Inconstance
Leur offre des plaisirs bien doux : (Bis.)

Dans ce triste pélerinage,
Elle se montre leur appui,
Sème des fleurs sur leur passage;
Sans cela, dans le mariage,
Que d'époux périraient d'ennui } (Bis.)
Avant d'achever le voyage.

Surtout, s'il survient des enfants,
Croyons-en bien leur tendre mère :
C'est tout le portrait de leur père....
Oh! comme ils lui sont ressemblants. (Bis.)
Dans ce triste pélerinage,
Puisqu'à la fin nous vieillissons,
Notre épouse, prudente et sage,
Prévoyant l'hiver de notre âge,
Produit d'aimables rejetons } (Bis.)
Pour nous soutenir en voyage.

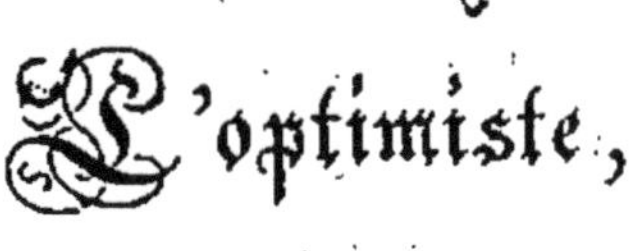

L'optimiste,

OU

TOUT EST POUR LE MIEUX.

AIR : *de la Pipe de tabac.*

SUR les misères de la vie
J'entends de tous côtés gémir;
Mais la sombre misantropie
Change-t-elle notre avenir? (Bis.)
Moi je soutiens que l'existence
Est le plus beau présent des Cieux,
Et qu'une sage Providence
Ici-bas fit tout pour le mieux. (Bis.)

Me dira-t-on que la souffrance
Nous afflige dès le berceau?
Je répondrai que l'espérance
Soutient l'homme jusqu'au tombeau. (Bis.)
Le plaisir, sans un peu de peine,
Aurait moins de prix à nos yeux :
Or, sur ce point, chose certaine,
Ici-bas tout est pour le mieux. (Bis.)

De mainte et mainte maladie
L'homme, en ce monde, est menacé;
Mais quand il renaît à la vie,
Il savoure mieux la santé. (Bis.)
Et si par hasard il succombe....
L'œil morne, et le cœur tout joyeux,
Que dit l'héritier sur sa tombe?
— Ici-bas tout est pour le mieux. (Bis.)

Le magistrat, le militaire,
L'avare et le dissipateur,
Par une route bien contraire
Courent tous après le bonheur. (Bis.)
L'un veut la paix, l'autre la guerre;
L'un est vil, l'autre généreux :
Chacun jouit à sa manière.
Ici-bas tout est pour le mieux. (Bis.)

Dans l'enfance, dans la jeunesse,
Tout est jouissance et bonheur;
De l'amitié, de la tendresse,
L'âge mûr goûte la douceur; (Bis.)
Et lorsque l'Amour nous délaisse,
Bacchus, ton nectar précieux
Ranime, égaye la vieillesse :
Ici-bas tout est pour le mieux.

Rare et merveilleux assemblage
D'esprit, de grâces, de beauté,
La femme est le plus bel ouvrage
Formé par la Divinité! (Bis.)
Je sais bien qu'elle est infidèle....
Mais, pour un époux malheureux,
Que d'amants couronnés par elle!
Ici-bas tout est pour le mieux. (Bis.)

Bref, sur le chemin de la vie,
Chemin semé de mille fleurs,
L'amour, l'amitié, la folie,
Nous préparent maintes faveurs; (Bis.)
Et lorsque pour cueillir la rose
Il est trop infirme ou trop vieux,
L'homme s'endort et se repose....
Ici-bas tout est pour le mieux. (Bis.)

Requiescat in pace!

LES DEUX ALLURES

DE CE BAS MONDE.

Air : *Vous soupirez quand, sous la treille.*

Mes amis, la route commune
Que nous suivons tous ici-bas
Ne mène, hélas! à la fortune
Qu'à petits pas; (Bis.)
Mais cette trompeuse carrière
Nous présente plus d'un chemin,...
Choisit-on mal.... vers la misère
On va grand train. (Bis.)

Le talent, l'esprit, la science,
Que l'intrigue ne soutient pas,
Iront toujours, moi je le pense,
A petits pas; (Bis.)
Mais lancé par son impudence
Et par une puissante main,
Le sot, malgré son ignorance,
Ira grand train. (Bis.)

Au palais nommé de Justice
Vous survient-il quelques débats;
Sans nul appui, le pied vous glisse,
Et vous n'allez qu'à petits pas;
Mais qu'une beauté peu sévère
Vous protége, ou Plutus enfin,
Bonne ou mauvaise, votre affaire
Ira bon train. (Bis.)

Voyez cette vierge céleste,
Qui dans le désert prêche; hélas!
Toujours à pied, toujours modeste,
La Vertu marche à petits pas.
Quel est ce hideux personnage
Qui la regarde avec dédain?
Oh! c'est le Vice.... en équipage :
Il va grand train. (Bis.)

Le Français galant, mais volage,
Pour qui l'amour a tant d'appas,
Ne marche vers le mariage
Qu'à petits pas; (Bis.)
Mais faut-il tromper une belle,
Puis auprès d'une autre soudain
Jurer une ardeur éternelle....
Ça va bon train. (Bis.)

Amis joyeux de la bombance
Commençons-nous un bon repas,
D'abord règne un profond silence,
Puis il déloge à petits pas;
Mais bientôt l'aimable Folie
Arrive, anime ce festin;
On rit, on boit, on chante, on crie :
Ça va bon train. (Bis.)

AIR : *Pour la baronne.*

SURNUMÉRAIRE,
Oh! le beau titre que j'ai là!
J'attends, je languis, et j'espère
Depuis deux ans, et me voilà....
Surnuméraire.

Surnuméraire,
Si parfois vous sollicitez,
Réponse courte et peu sincère
Vous encourage; et vous restez....
Surnuméraire.

Surnuméraire
Doit avoir des enfants discrets,
Qui sachent souffrir et se taire ;
Car doit-on manger quand on est
Surnuméraire ?

Surnuméraire
Ne serait pas si mal traité
Si son directeur bien sévère,
Avant d'être chef, eût été
Surnuméraire.

Surnuméraire,
Si nul protecteur, nul appui,
Ne s'intéresse à votre affaire,
Vous mourrez de faim ou d'ennui,
Surnuméraire.

Air : *Je déteste la manie.*

Boire est le bonheur suprême,
Chez nous comme chez les dieux;
Le grand Jupiter lui-même,
Pour *boire* quittait les cieux :
Un *buveur*
Plein de cœur
S'endort en faisant merveille;
Mais bientôt il se réveille
Pour *boire* avec plus d'ardeur. (Ter.)

Pour apaiser la tempête
Qui souvent gronde chez vous,
Maris montrez de la tête,
Et *buvez* cinq à six coups.
Est-ce à tort
Que du sort
Femme se plaint, quand à peine
Son mari, sans perdre haleine,
Peut *boire* un coup, puis s'endort? (Ter.)

Que m'importe la richesse,
Que m'importent les honneurs,
Quand Bacchus et ma maîtresse
Me prodiguent leurs faveurs?
Ce moment
Effrayant
Qui vous cause tant d'alarmes
Aurait pour moi bien des charmes,
Si je mourais en.... *buvant.* (Ter.)

Air : *V'la c'que c'est qu'daller au bois.*

L'autre jour un provincial,
Brave homme, mais original,
Disait d'un ton assez comique :
— Je suis, je m'en pique,
Un fin politique;
Et cependant je comprends mal
Ce que c'est qu'un vrai libéral.

Je lui dis : — Un vrai libéral
Est un être presque idéal.
Fidèle au serment qui le lie

Envers son amie,
Son roi, sa patrie...
Toujours franc, sincère et loyal;
Tel doit être un vrai libéral.

Et de plus, un vrai libéral
Doit rendre le bien pour le mal :
Dans son ame noble, élevée,
Du Ciel émanée,
Jamais une idée
Qui ne tende au bien général!
Ainsi pense un vrai libéral.

En un mot, un vrai libéral,
Pris dans le sens bien littéral,
Met sa plus douce jouissance
Dans la bienfaisance :
Aider l'indigence,
Oh! c'est un plaisir sans égal
Pour un cœur vraiment libéral!

— Ah! bien, chez nous un libéral,
Me répond mon original,
Est d'une toute autre nature....
L'un, avec usure,
Prêtant sans mesure,
Triple en six mois son capital,
Et pourtant se dit libéral.

L'autre, ex-fournisseur général,
Qui, sous le règne impérial,
Gorgé de sang et de rapine,
Sur notre ruine
Fondait sa cuisine,
Trouve aujourd'hui que tout va mal :
Oh! c'est un fameux libéral!

Nous avons près du tribunal
Un avoué, grand libéral,
Qui, funeste à mainte famille,
Qu'il brouille et qu'il pille,
S'enrichit et brille....
A part ce défaut capital,
Vraiment c'est un franc libéral!

Bref, le titre de libéral
Est un titre à peu près bannal,
Dont le vice aujourd'hui se pare,
Dont chacun s'empare,
L'usurier, l'avare,
Le fripon même : c'est égal,
Chacun veut être libéral.

— C'est pourquoi le mot libéral,
Lui dis-je, aujourd'hui sonne mal;

Mais, pour terminer ce chapitre,
Laissons maint bélitre,
Usurpant ce titre,
Démontrer, en faisant le mal,
Ce que c'est qu'un faux libéral.

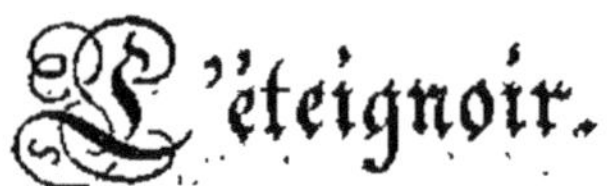

Air à faire.

Ou, en attendant, Air : *Faut l'oublier!*

C'est l'éteignoir, dont on plaisante,
Que je veux chanter dans mes vers;
Déjà maint regard de travers
Voudrait me glacer d'épouvante :
Mais je veux faire mon devoir,
Et prouver à tout homme sage, (Bis.)
Qu'ici-bas chacun fait usage
De l'éteignoir. (Bis.)

De l'éteignoir le vrai mérite
Était bien connu dans Paphos :
Là maint cierge, bien long, bien gros,
Brûlant toujours, mourait bien vite;

Vénus, voulant au moins avoir
Parfois un bout à son service, (Bis.)
Pour satisfaire ce caprice,
Fit l'éteignoir. (Bis.)

Sans l'éteignoir, dieu de Cythère,
Que tu nous causerais de mal!
Oui, bientôt ton flambeau fatal
Embraserait toute la terre;
Mais, pour affaiblir le pouvoir
De ta flamme vive et cruelle, (Bis.)
Jupiter arma chaque belle
D'un éteignoir. (Bis.)

De l'éteignoir la jeune Adèle
Fait l'épreuve sur chaque amant,
Pour trouver un époux brûlant
D'une flamme toujours nouvelle :
La pauvre Adèle a peu d'espoir!...
Sans être épouse, on la voit veuve (Bis.)
Chaque fois que finit l'épreuve
De l'éteignoir. (Bis.)

D'un éteignoir chaque ménage
Vainement voudrait se passer;
L'Hymen l'adopta pour chasser
L'Amour, le jour du mariage :

Jeunes époux matin et soir
D'abord s'en servent.... Quel délire ! (Bis.)
Flamme d'amour bientôt expire
Dans l'éteignoir. (Bis.)

De l'éteignoir qu'on se méfie ;
Il poursuit, il atteint partout
Ces œuvres sans esprit, sans goût,
Mais jamais l'œuvre du génie.
Français, n'ayons qu'un même espoir ;
Prions le Ciel qu'il nous accorde (Bis.)
Pour le flambeau de la Discorde
Un éteignoir. (Bis.)

Le Pessimiste.

Air : *Suzon sortait de son village.*

Amis, je veux de ce bas monde
Vous tracer un léger tableau;
J'exploite un mine féconde,
Mais le sujet n'est pas très beau :
Je vois le Vice
Toujours en lice,
Et triomphant partout de la Vertu;
Plus loin, l'avare,
Vil et bizarre,
Mourant de faim auprès de maint écu....
Et, dans l'aveuglement du crime,
Des hommes je vois la moitié
Entraînant l'autre, sans pitié,
Au fond d'un vaste abîme. (Bis.)

A peine l'homme a pris naissance,
Qu'en proie à de vives douleurs,
Il annonce son existence
Par un cri plaintif et des pleurs :
Toujours aimante,
Quoique souffrante,

Sa mère veille à ses moindres besoins :
Dans son délire,
Comme elle admire
Ce cher objet de ses plus tendres soins !
Mais cet enfant, lâche et perfide,
Contre le sein qui l'allaita
Un jour peut-être lèvera
Une main parricide ! (Bis.)

Le voilà sorti de l'enfance ;
Et s'il est né bon, généreux,
Il se livre avec confiance
Aux hommes qu'il croit vertueux :
Mais à sa suite
On voit bien vite
De faux amis voltiger un essaim ;
Pour sa ruine
Chacun rumine
Et le plus prompt et le plus noir dessein :
Victime de leur perfidie,
Il reconnaît, trop tard, hélas !
Que le moins à perdre ici-bas
C'est la bourse ou la vie. (Bis.)

Bientôt le Ciel mettra sans doute
Un terme à son adversité ;
Car il rencontre sur sa route
Séduisante et jeune beauté :

D'une ame pure,
Sur sa figure,
Il croit trouver le fidèle miroir;
Le pauvre sire
Languit, soupire;
Mais l'hymen seul lui laisse quelque espoir....
A peine enchaîné pour la vie,
L'illusion cesse : ô douleur!
Sous le masque de la Candeur
Il trouve une Furie! (Bis.)

Près de cette épouse perfide,
Qui trahit le plus saint devoir,
J'en vois une douce, timide,
Mais languissante et sans espoir :
Toujours loin d'elle
Son infidèle
Expose ailleurs son or et sa santé;
Si, par caprice,
Fuyant le vice,
Il vient chez lui chercher la volupté,
Lors, des bras d'une Messaline
Passant dans ceux de sa moitié,
Il lui prodigue sans pitié
Le poison qui le mine. (Bis.)

Il est encor en ce bas monde
Un être non moins dangereux,

Cachant son astuce profonde
Sous les dehors les plus heureux.
Vierge naïve,
Sois attentive
A repousser ce lâche séducteur!
Mais l'innocente,
Trop confiante,
Porte le fruit de sa coupable erreur :
Amant parjure et mauvais père,
Loin de la mère et de l'enfant
Le monstre fuit, en leur léguant
L'opprobre et la misère! (Bis.)

Bref, en dépit de sa prudence,
Et de maint piége environné,
L'homme, en ce séjour de souffrance,
Doit être trompeur ou trompé.
Honneurs, richesse,
Gloire, noblesse,
Rien ne le met à l'abri du malheur :
Dans sa famille
Chacun le pille;
On lui ravit même jusqu'à l'honneur!
Tôt ou tard il faut qu'il succombe
Sous l'énorme poids de ses maux;
Et s'il trouve enfin le repos,
C'est au fond de la tombe. (Bis.)

ÉLOGE

AIR : *Mon père était pot.*

Qu'au milieu de quatre vieux murs
Donnant sur les gouttières,
Un auteur chante en vers obscurs
Le siècle des lumières;
Que, mourant de faim,
Il célèbre enfin
L'esprit et la science :
Moi, le ventre plein,
Le verre à la main,
Je chante l'ignorance.

Si l'homme connaît le chagrin
Dès l'âge le plus tendre,
C'est pour le grec et le latin
Qu'on veut lui faire apprendre.

Souvent mon papa
Jura, s'emporta
Contre mon indolence ;
Il eut beau crier,
Je sus conserver
Ma paisible ignorance.

Tout ayant l'air d'un vrai benêt,
Je n'étais pas si bête!
Et je me souviens d'avoir fait
Plus d'un coup de ma tête :
Quand le martinet
Sur moi se levait,
Lors, prenant ma défense,
Ma chère maman
Disait: — Cet enfant
Pèche par ignorance.

Ne pouvant pas de son cher fils
Faire un petit Voltaire,
Papa me dit un jour: — Choisis
Quel métier tu veux faire.
— Celui, cher papa,
Qui n'exigera
Que très peu de science;
La chance est pour moi,
Car souvent on voit
Réussir l'ignorance.

Chez un fort honnête marchand
Mis en apprentissage,
Je vis friponner maint chaland,
Suivant le noble usage :
Mon très cher bourgeois
Vendait à faux poids ;
Moi, de cette science,
J'eus peut-être tort,
Mais je sus encor
Conserver l'ignorance.

Voulant m'établir à mon tour,
Je pris une boutique
Dans un très modeste faubourg,
Et d'un prix très modique.
Vraiment, j'ignorais
Qu'on doit à grands frais
Afficher l'élégance ;
Aussi sans faillir
J'ai su réussir,
Grâce à mon rignorance.

Je pris pour enseigne un tableau
Du genre allégorique ;
Le sujet en était fort beau,
Mais diablement gothique :
Chacun s'arrêtait....
Et de ce sujet

N'ayant pas connaissance,
Entrait, achetait,
Et m'enrichissait,
Grâce à son ignorance.

Or, le sujet représenté
Dans cette allégorie,
C'était l'antique Probité
Du commerce bannie :
De cette vertu
Quoiqu'on eût perdu
Jusqu'à la souvenance,
Dans l'art de tromper
Je voulais montrer
Ma parfaite ignorance.

Enfin, l'originalité
D'une enseigne semblable
M'acquit avec rapidité
Une aisance passable;
J'aurais eu grand tort
D'amasser encor....
Faut-il tant d'opulence
Pour celui qui veut
Du luxe et du jeu
Conserver l'ignorance?

Je fis connaissance, un beau jour,
De certaine innocente,
Dont la taille était faite au tour,
La mine séduisante;
Des ruses d'Amour
Son cœur sans détour
N'avait pas défiance....
Et je fus heureux
En un jour ou deux,
Grâce à son ignorance.

On ne cultive pas en vain
Une terre féconde;
Et mon Agnès bientôt devint
Et plus ample et plus ronde :
De ce changement
Quand la pauvre enfant
Apprit la conséquence,
Dieux! qu'elle pleura,
Qu'elle regretta
Son ancienne ignorance!

Mais je réparai son honneur
Par un prompt mariage,
Et je sus trouver le bonheur
Même dans l'esclavage :

Mari complaisant,
Et surtout prudent,
En mainte circonstance
Je fermai les yeux,
Et je fus heureux
Encor par l'ignorance.

Quoique je commence à vieillir,
Toujours assez bon diable,
Je ne trouve de vrai plaisir
Qu'au lit ou bien à table :
Boire et puis manger,
Parfois obliger,
C'est toute ma science....
Du sombre chagrin
Puisse le Destin
Me laisser l'ignorance!

La Bureaucratie.

Air : *Vive la lithographie.*

Vive la bureaucratie!
Elle offre maint agrément;
Par elle on gagne sa vie
Sans fatigue et sans tourment : (Bis.
A neuf heures du matin
(Avec un peu de chagrin),
Frais, dispos et bien vermeil,
On sort des bras du sommeil;
Puis passant à sa toilette,
On y procède avec art;
On se décrotte, on vergette
Frac, pantalon, bolivar. (Bis.)

Dix heures sonnent ; enfin,
Il faut se mettre en chemin :
Il est tard, et cependant
On se hâte lentement :

On flane, on lorgne, on écoute;
Et, pour ne pas être en eau,
On achève ainsi la route
En véritable badaud. (Bis.)

En arrivant au bureau
Un commis doit de nouveau
Bien se nettoyer, et crac....
Oter bolivar et frac;
Puis endosser à la place
Un habit sale et poudreux,
Qui, couvert d'encre et de crasse,
Prouve ses travaux nombreux. (Bis.)

Pour montrer qu'il est actif,
Tirant alors son canif,
De sa plume encor à sec
Il taille et rogne le bec;
Puis avec soin il la pose
Sur son pupitre, et soudain
Il s'assied, et se repose....
Des fatigues du chemin. (Bis.)

Ce court moment de repos
Arrive fort à propos
Pour décider et savoir
Ce que l'on fera le soir;

Spectacle, bal et grisette,
Promenade, *et cætera*,
Sont l'objet de la causette,
Et l'ouvrage reste là. (Bis.)

Enfin, las de babiller,
On s'apprête à travailler;
Mais, ô bonheur sans égal!
Arrive alors le journal :
On le dévore; on médite
Chaque article, chaque mot;
Et pour cause l'on évite
De s'en dessaisir trop tôt. (Bis.)

Il est lu : ce n'est pas tout,
On a de l'esprit, du goût;
On parle en fin connaisseur,
De la pièce et de l'acteur :
Car, jadis franc automate,
Chaque employé maintenant
Peut offrir un diplomate,
Un bel esprit, un savant. (Bis.)

Mais le savoir et l'esprit
N'ôtent rien à l'appétit;
Car, averti par la faim,
Un jeune commis soudain

Tire sa montre, et s'écrie :
« C'est assez déraisonner;
» Il est une heure et demie,
» Messieurs; il faut déjeûner. » (Bis.)

A ce salutaire avis
Chaque employé très soumis,
Se tait, se lève, et se rend
Au plus prochain restaurant :
Alors triste et solitaire,
Dans le désert du bureau,
Le pauvre surnuméraire
Mange du pain, boit de l'eau. (Bis.)

A-t-on fini son repas,
Froid ou chaud(n'importe pas);
A son poste doucement
L'un après l'autre on se rend.
Comme on a plus de courage
Quand l'estomac est garni,
Chacun bâcle son ouvrage
Pour avoir plus tôt fini. (Bis.)

Le rédacteur seul pâlit
Sur le papier qu'il noircit;
Il trouve avec peine un mot,
Puis il l'efface aussitôt....

A son embarras comique
On dirait un pauvre auteur
Qui va d'un poëme épique
Accoucher avec douleur. (Bis.)

Avancez un peu plus loin,
Et vous verrez dans un coin
Certain vérificateur,
Habile calculateur,
Qui, pour une erreur minime,
Chaque jour se bat les flancs,
Gagne au trésor un centime,
Et lui coûte douze francs. (Bis.)

L'être le moins important,
Parfois le plus insolent,
C'est ce Cerbère nouveau,
Nommé garçon de bureau,
Qui, placé près de la porte,
Lorsque son ouvrage est fait,
Voudrait oublier qu'il porte
L'uniforme de valet. (Bis.)

Dans un fauteuil élégant,
Le chef assis mollement,
Avec un ton protecteur
Vous reçoit : quelle faveur!

D'un air distrait il écoute....
Enfin il a répondu
Tout en vous montrant la route
Par où vous êtes venu. (Bis.)

Vous rencontrez en sortant
Un plus adroit postulant,
Qui, vous croyant du bureau,
Ote vite son chapeau :
Voyez comme il se faufile,
A chaque pas se courbant;
On dirait un vrai reptile
Qui n'avance qu'en rampant. (Bis.)

Hé bien, ce caméléon,
Dévoré d'ambition,
Peu content d'être inspecteur,
Voudrait être directeur :
A l'employé le plus mince
Il fait sa cour aujourd'hui,
Et demain dans sa province
On tremblera devant lui. (Bis.)

Bref, après bien des efforts,
Circulaires et rapports,
Lettres, états, bordereaux,
Tout est prêt : mais à propos,

Ne faut-il pas la censure
Du chef suprême? Eh! non, non;
Il donne sa signature
Sans en savoir la raison. (Bis.)

Mais quatre heures vont sonner;
Chacun s'apprête à *filer;*
Plume, canif et grattoir
Sont déjà dans le tiroir.
Le timbre d'heureux présage
Sonne enfin! chacun s'enfuit....
Adieu, messieurs, bon voyage,
Et surtout bon appétit. (Bis.)

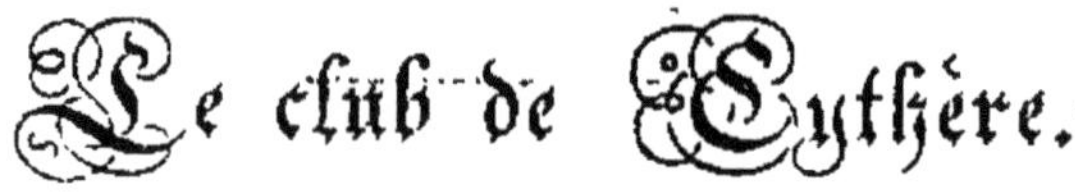

Le club de Cythère.

Air : *Du club des Sans-Soucis.*

On *vote* pour que je chante;
Je choisirai pour sujet
Ce petit *club*, qui m'enchante,
Ce *club*, qui seul est parfait.
Si ma muse complaisante
Pouvait combler tous les vœux....
Combien je serais heureux !

Dans ce rare *aréopage*
Les deux sexes sont admis;
On y voit, contre l'usage,
Régner les jeux et les ris :
Au lieu de sang, de carnage,
Amitié, plaisir, amour,
Y sont à l'*ordre du jour.*

Notre *culte* est la folie :
La Raison fuit ce séjour;
Nous aimons la tyrannie
Qu'exerce sur nous l'Amour :

L'Amour nous donna la vie;
Aussi de ce *club* charmant
L'Amour est le *président*.

Toujours de notre *séance*
Le beau sexe a les *honneurs*;
Nous observons la décence,
En détestant les *censeurs*.
Le seul défaut qui m'offense
Dans ce *club* si séduisant,
C'est qu'il n'est pas *permanent*.

Conseils à mon Amie.

Devons-nous réfléchir dans l'âge des amours?
Il faut aimer; il faut, ô ma chère Sophie,
Consacrer au Plaisir le printemps de la vie,
Et garder la Raison pour l'hiver de nos jours.

Plus léger mille fois que la flèche rapide,
Le Temps fuit, entraînant avec lui les Plaisirs :
Jouissons! préparons d'aimables souvenirs,
Pour charmer les ennuis d'une vieillesse aride.

L'homme, ce fier tyran de tous les animaux,
L'homme, moins libre qu'eux, seul auteur de ses peines,
Dans son aveuglement, forgea ses propres chaînes,
Et creusa sous ses pas un abîme de maux!

Oubliant qu'il était l'enfant de la Nature,
Dont il avait reçu tous les dons à la fois,
Il méprisa son code, et se forma des lois
Qui le rendront toujours malheureux ou parjure.

Crois-moi, dérobons-nous au sentier de l'erreur,
Et des sots préjugés bravant le despotisme,
Malgré l'Opinion, malgré son fanatisme,
D'un pas ferme suivons la route du bonheur.

Tous les deux éprouvés, instruits par l'infortune,
Nous saurons estimer à leur juste valeur
Ces faux biens qu'ici-bas on cherche avec fureur.....
Méprisons-les; montrons une ame peu commune.

Cruelle ambition, inutiles honneurs,
Vains titres, fausse gloire, et toi, vile richesse,
Qu'êtes-vous à nos yeux? Rien : amitié, tendresse,
Amour, fidélité, voilà tout pour nos cœurs.

Fille du sentiment, simple, innocente et pure,
Notre félicité ne dépend que de nous ;
Livrons-nous à l'amour; ce sentiment si doux
N'est-il pas, dis-le moi, l'ame de la nature?

Ah! puisque par l'amour nous pouvons être heureux,
Sachons jouir; aimons, aimons, belle Sophie!
Ornons de mille fleurs la chaîne qui nous lie,
Et que le trépas seul puisse en rompre les nœuds!

FIN.

www.ingramcontent.com/pod-product-compliance
Ingram Content Group UK Ltd.
Pitfield, Milton Keynes, MK11 3LW, UK
UKHW020428230726
13925UKWH00004B/1652